诗
想
者

H I P O E M

生 活 ， 还 有 诗

记 号

［新加坡］

游以飘 著

GUANGXI NORMAL UNIVERSITY PRESS

广西师范大学出版社

· 桂林 ·

记号

Jihao

策 划 人/ 刘　春
责任编辑/ 郭　静
助理编辑/ 吴福顺
责任技编/ 王增元
装帧设计/ 唐秋萍

图书在版编目（CIP）数据

记号 /（新加坡）游以飘著 . —桂林：广西师范大学
出版社，2021.6
　ISBN 978-7-5598-3808-7

　Ⅰ . ①记… Ⅱ . ①游… Ⅲ . ①诗集－新加坡－现代
Ⅳ . ①I339.25

中国版本图书馆 CIP 数据核字（2021）第 089740 号

广西师范大学出版社出版发行
（广西桂林市五里店路 9 号　邮政编码：541004）
网址：http://www.bbtpress.com
出版人：黄轩庄
全国新华书店经销
广西广大印务有限责任公司印刷
（桂林市临桂区秧塘工业园西城大道北侧广西师范大学出版社
集团有限公司创意产业园内　邮政编码：541199）
开本：890 mm × 1 240 mm　1/32
印张：6.25　　字数：120 千
2021 年 6 月第 1 版　　2021 年 6 月第 1 次印刷
定价：66.00 元

如发现印装质量问题，影响阅读，请与出版社发行部门联系调换。

序

戏仿与魔法

这集子《记号》里面的诗，从 2018 年 6 月开始，写至 2020 年 6 月，两年之久，上接《流线》（2016）、《象形》（2020）。

阿根廷作家博尔赫斯，出版了不少诗集，有一本书名为《夜晚的故事》，后记有一段是这样说的：

> 一本诗集无非是一系列魔术手法。一个功力有限的魔术师靠他有限的手段尽力而为之。不适当的含义、错误的韵律、细微的意义差别都可能搞砸他的把戏。

实在警惕至极，诗人不但要构想出奇，而且要炼字制胜。不能对过去所有文学的规范，也不能对个人以往的风格习以为常，掉以轻心。况且，在不断变动的现实与想象之间游弋，诗人更要处理世界的表面、词语的后面、哲理的脉络等之间的关系，以取得诗性。

大概 28 年前，读大学本科的时候，虽然主修历史，副修文学，却也修了一些艺术课。记得大一上艺术导论，老师花了几堂课的时间，跟我们反复讨论何谓美学，解释柏拉图的模仿论，以及亚里士多德将之拓展的诗学。起初懵懂，却也兴奋，觉得艺术迷人。

希腊的模仿论，以及随后的各种文艺理论，都围绕如何反映现实的命题进行思考，并且实践各种手法。我中学时代开始写诗，大学本科接触这些理论后，逐渐在词语与现实之间推敲各种距离，考虑如何适用于每一首诗，实验各种再现现实的技巧。

我常常说，诗是对现实的二度抽象化。第一度，现象融入词语。第二度，进入词语后面的庞大系统。在错综复杂的脉络里，各种具象与抽象互叠，真相与假相交错，诗是万象的巧妙再现，万物的微妙勾勒。

最近，陈维彪问我，为何在我的诗里很少看到我个人，很少属于我个人的情况。我跟他说，我其实也在想着，为何我不多写一些个人的情绪、感觉、感情，多写一些自己的日子与生活？

其实，我思索得更多的，是个人与族群的关系，以及个人如何作为世界的一部分，世界如何在更大的语境里运作。

就像我写的《万物》："你看到许多信仰／流水的粼光／北方的星星／南方的花季／这些定律的发生"，"可你也看到那些／唐突无序／野生的词语／等待你的命名"。

诗是诗人对现实的再现，词语经过处理后的仿摹、模拟。我的一些诗作，致力对族群作出折射。在《戏仿》，我勾勒诗在更大范围里写作，其实是环境使然，是因为语境围拢着族群与个人，而个人回应着族群与语境："郁闷的上午与下午，戏剧化／何以表演化一族群的文化史"。

的确，有一些诗作，显示了个人与族群的重叠，构成对更大语境所采取的态度，调动的策略，譬如《魔法》："就像魔法棒，换着把戏／沉甸甸的包袱，无分量的细软／都要变成及时的法宝"。

在上一本诗集《象形》中，我尝试做了一些格式上的实验：有的诗分成两行一段，整首共八段，题目与诗的第一行的语意连接，格式是 2×8；有的诗分成两行一段，整首共九段，2×9；有的诗分成四行一段，共四段，4×4；有的诗没有分段，全长 33 行。

这样的尝试，是想让格式给词语带来某种束缚，看诗性能否形成某种形态，产生不同的声音与力量。诗集《象形》出来的效果很不一样，可以说那些束缚其实成为某种结构，让诗性获得某种建构，诗的质地因此产生变化。

这一本诗集《记号》，沿用了这些格式。2×8，包括《一寸》《三千》《细雨》。2×9，包括《野餐》《石头》《弦索》。4×4，包括《冒号》《偏见》《码头》。33 行，包括《嵯峨》《杂耍》《允许》。

与格式的互动，逐渐有了微妙的改变。上一本诗集，很多时候，是先选定了格式，然后让词语在里面彼此冲击，冶铸为轨道，形成诗。而这一本诗集，常常发生的情况是，开始想到了一些意象与语句后，它们自然就导向了某种格式，引来其他的词语，最后成为诗。

当然，有些没有固定格式的诗，我也继续经营的，例子有《散步》《无限》《铜像》。

经此以后，对于格式与内容，它们各自所属的重要性，它们之间互动或不互动的选择性，我有了更深一层的体会。

此外，在这本诗集中，我开始写作咏物诗，借着生物为意象，召唤言外之意，在我编织的诗的界面里，生成现代的符号。这样写成的诗，包括《飞蛾》《蜻蜓》《蝴蝶》《壁虎》。

咏物，形成跟世界联系的通道，就像《飞蛾》所写："你的轻功，我从不担心／至于你的重负，想来是一种必要／在一个相对稳定的频道／你的滑行是美丽的呼声／或者一声叹息"。

这些年，跟一些作家交流，就像跟另一场域、另一组合的词语在互动。这样的缘分是弥足珍贵的，所以有些诗是为他们而写的，感谢他们跟我讨论诗与文学。

这些诗，有赠给欧阳江河的《窥豹》、赠得一忘二的《春望》、赠柏桦的《二寸》、赠车前子的《线索》、赠泉子的《湖水》、赠飞廉的《风神》，他们是中国的诗人。还有一位是新加坡的朋友，黄广青，我给他写了《星期》。东西是中国小说家，跟他特别投缘，也就写了《小写》。

诗人，跟小说家是一样的，都要写出自己的特色。马尔克斯，这位拉丁美洲魔幻现实主义文学的代表人物，以《百年孤独》闻名于世。在如何再现现实，作家应该如何拥有自我的特质的问题上，马尔克斯曾经这么说："对于现实的诠释，如果不是通过我们自己的方式，只会让我们更为不被了解，更不自由，更孤独。"

英国作家福斯特说："一首诗是真实的，如果它掌握了所有。信息，会指向其他的事情。一首诗，会指向自己，而不是其他。"

我的诗《记号》，写着："法师靠星象／我们则象形"，"流离的水纹，成为你的／只此一人，一族的手印"。

我希望这本诗集，能够是一个深刻的记号，指向自己对诗的企图，而通过自己的诗，握住词语的钥匙，通向世界。

游以飘

2020 年 12 月

目　录

散　步

两旁房屋，排列如锯齿
四处楼宇环伺如棋盘
我们且做一段黄昏
溜走的漏网之鱼
逃生的余肉，陆续着余生

老佛爷的九十九步
轻重缓急，婀娜不及
小情侣的一小步
再加十指相扣
云朵在脚下踢跶，翩跹

茶余饭后
在兵戎相见的白天与黑夜
之间，歇火的脚步
化整为零
散漫一小时的慢生活
或者两小时

大步流星

或者小步生出莲花

在光亮与昏黑之间

跨入猫眼的隙缝

清澈的快步走

或者幽深的慢步走

那些路线，都是我们的战线

如果这时的语境

是不可妄动

我们就放轻脚步

在渐次暗晦的城市里

我们如此漫不经心地伪装

松动别人的武装

宇宙

误会我们如此虚度时光

一 寸

光阴的含金量，用途在于换回
那匹唤不回来的奔驰的宝马

逸散二胡之外的音符
向前，上去更高的阶层，如飞梭

越短越险的武器
犯险于僭越的肉身，叹息在雨林

缀语着前头与后面，矛盾于
那些精简的，费神的，伤心的

细节，越过芦荻，萤火虫，星光
吊诡了天涯的咫尺

一里凤凰木，十里长亭，千里
之外的声音，秘传于眉心

之间的方寸

大乱，迷惑至手无寸铁

雀舌，不过是一个春天的

约会的失之毫厘

二 寸

——赠诗人柏桦

鱼的长短，成长自一次的思绪
多次后的成群，交织银河的流淌

回溯杜甫的《白小》
看到老人家探测水的硬度

某一处，凉风回荡的草堂
无所潜逃的暗喻，倾箱倒出

清朝的雨，民国的雷电
现代的雪片，纷纷落入江河

悉数跟鱼族倾诉，想说明白
那些哲学，诗，或风俗的道理

譬如裸盐，清泪，蚕丝
天然的，也是最自然的，那些

会自己游泳的，银亮的
词语，推动流水的准则

波光层出不穷，生成天下
二寸，即是，三千

三 千

世界，数得上的人物
有的存在于数不上的纪事

风流吹动，一瓢，两瓢
三瓢，托付给北方的弱水

你不能取决的浮生
波纹的厚薄，相互折叠

南边的十万疆域
资产分成三阶级

使劲捆成一捆
也抵不过一盘的珠算

你的尺牍，理屈词穷
就等待一位完全打开的自己

就像魔术师的万变

也像修道人的不变

三千种方式

锤炼一念的无远弗届

细　雨

已成干货的词语的复原
借助一世纪前的雨丝

曾经降临，刺穿，并且
渗透皮肤，以及眼睛的

那些，后来是润饰的韵脚
清新如新诗

清凉如小蛇
蜿蜒时光的脉络

轻轻，推开家宅的门扉
庙宇的木鱼

还别说，还真有目击者
辨识那些遍体的鳞伤

群体之间的缝隙
搓洗个性的暴烈

隐去鸟鸣
潮湿，从小雨落成江湖

冒 号

安置一些冒号：在篇章第六
与第七之间，考究植物如何摆姿态
阔叶是听风的耳朵，木纹是复眼
草根，反而是努力攥住的手

脑海的左岸，葱茏的那棵榕树
是回乡列车再也抵达不了的终点。
如果那样的错过不是奔驰的破折号
而是一说法

冒号：就是一种对前者的吻合
后来者的陈情
比句点多了一份留有余地的圆熟
比逗点少了拖沓摇摆的小尾巴

一望无际的花海：
等待荼蘼的绿色少年；
遍布象喻的森林：
中年从山的怀抱里掏出船桨

主　流

春秋的魔法，在程序化
粗疏一些是编年史
精细的话就是日程表
我夏天流浪的半岛
你冬季孤立的小岛
都可以简约，甚至含混不清
通通统一
纳入一支大手笔

径直到底，在透支墨水
挥霍词语
笔直的书道
就像离开蓄满的弓
一心一意只向东飞去的箭

从善如流
一种灵魂
到海那里雄辩一枚太阳

一种说法，一路挥洒过去
处决那些重要的情节
却节外生枝的撇捺
不丁不八的腿脚

每一朵落花
都曾经红花着一个国度
多数与少数在追尾
再回溯单数
所有贝壳只承载一种词语
鼎沸一族回声

在烂醉如泥的海滩
不由分说地
想望，并且想象
我们如何都被曝晒成
小麦
那样的一种颜色

支 流

一尾耿直的鱼顺流而下
再逆流而上
到另一河水
成为一机会主义者
分食
在弯曲中漫向一切

那样未来的可能性包括
温暾的商贾
摇身变为先锋诗人
为明天而做准备
充数
充其量
鳞爪泛起生活的电光

退群以后再组群
一切不能再按旧有的部首
却算笔画

抽空子，透透气

一点，一横，一撇

下到田地里躬耕

十指紧扣

加上十指相握

灌溉溜走的贫瘠的日

干瘪的月

支起庙宇，学堂，社团

孤胆独行

遇上一百零八条同道

再碰到尼采

当流水如经

朗朗诵读为一新世界

野 餐

挑选一张有格调的地面
务必配上有气质的天空

或有纠缠的枝叶，或藤蔓
无所谓，只要是周六或周日

你看到斜行 45 度的你
与你的朋友，来到这里企立

90 度的风和日丽
配点野生的苹果与草莓

端来一两盘小野心
泼辣吧，一点也不要像城里

那些果子，滚动如春日
在绿油油的草茵上

你们坐着，躺着，走着
舞着，歌着

宛如《兰亭序》
蒙太奇的行动主义

款待一遍遍的放浪形骸
于番外的假期

大　同

大宗师的一千零一夜

补加无数的荧幕

在可以计算的日常

变幻多端的手法

如出一辙的题旨

给观众编织百衲被

在里面

都来那么一套

挟裹少年的奇幻

铺展成年的狂人日记

过去的故事

与未来的事

那些千丝万缕的主线

与伏线，相互盘缠纠结

竞相穿透唯一的针眼

勾勒一致的拼图

相继在抖包袱

探测接受的底线
看戏的人，读书的人
能否划一为识相的人
辨识生活的趣味

辨别生命的法眼
于大宗师的现场
合唱，相声，单口
窥看肉身的出现与隐没
分身的切换与真伪
宛如诸子每一次的诞生
落实于百家饭
那样一碗
五谷杂粮
融合的粥糊

小 异

独白于三月
红楼的粉墙黛瓦
他的特色
体现于他的小意见
一直不宏伟
宛如一朵小花

你一定能发现他的存在
别样的风姿
尽管斗兽场内
尽是喧嚣的万紫千红
外面日光汹涌，如海

他在隙缝里
练习坚挺
只有他在意自己的落寞
自己与别人的出入
他是自然的小调

脱身于
人类的复调

众乐乐
但如果春天独乐乐

那么，就在多声部
交响曲中
他滑动如稀罕的火焰
自一颗拥挤的异星
献给宇宙

一　成

不变的光合作用
暗结新词的胚胎

赋格化两种结果
星座的这边，不然，对面

三种颜色
一面旗帜

桃红，荷叶绿，菊黄
雪花白，四季转一年

五五分账
秋天以后是冬天

想在你的气象取得胜算
只要六成，就绝大多数

为了你，我七步
图谋九成圆的月亮

并且留有一口的神秘
不变地厮磨

消 息

当我们都在一起，这里
那里，散落的故事在摇滚
在嘻哈远去的年代
抒情那些时间忽而当今
我们快乐无比
又悲伤无限
聊着有的人
做着没有的事
那些消息在拐弯抹角
就像分道扬镳的理想
与现实

各奔东西的文字
与重组的句子
在翻阅熟悉的同学脸孔
滚动已经陌生的朋友
那些曾经一致的手势
以及划一的脚步

我们的世界
从一无所知
到一无所有
就老了我们致青春的书信
汇报，阐释，论述，备注
那些燃烧的冬季
碎裂的夏天

训诂学
不得，不得不重新习得
现代的传播学
一步之遥
七步之快
我们在其间考量距离与速度
修辞着消息的再现

当我们都在一起，这里
那里，词语在摇晃同学会

兼及各种共同体

说着福音

听着挽歌

一生流离的我们

从不间断仰望北斗在斟酌

那些动荡如水的符号

度量音讯的流量

那些内容的多少

内情的真假

散落在宽窄不一的路上

石 头

水滴，滑行小满的日记
所以温柔

风雷密藏于惊蛰的史册
所以金刚

不断增殖的
博尔赫斯的石头

一个，两个，许多个
抛弄不同命数的组合

宛如红楼的宝玉
不断翻转，以至磨炼

以至揣摩镜子的两面
禁忌，反之是游戏

或者互动，一位魔法师
与一只蓝色的老虎

虚构大观世界
非虚构一座废墟

石头的温度
印刻那年大雪来了故人

弦　索

美丽与哀愁，一线间
宫，商，角，徵，羽

为了殿堂的一度
春风，汲取金露的一生

至于脱离弦外的
那些音符，是风雪

翻飞的松针
或是天外的丹顶鹤

就像巴赫的《G 弦之歌》
是纯净的空气

荡涤的曲声
摇摆着跳梁的小丑

当心掉落这边
或者滑去那边

总得弹拨那琵琶
一切分出五音

就像刀刃
是一种时间的亮度

无　限

白天的影子
与它的各种伪装
包括圆点，条形，波纹
还有人模，人样，动物，静物
其中四个，五个，六个
执意去远方无垠的黑暗
反身成为光明体

必要的说明
我们要做的
就像一般呈献的贺词与祝语
都会希望得到最好
直至无限
从地气，人事，到时节
涉及生活，工作，或者理想
直到冲破底线，成为虚线
开放缺口
放过生气

我城人口三百万

填充一具具皮囊

城外无数流动与流浪的族裔

问候无量的说法

主格，受格，所有格

各种词性

无所束缚

那些名词，动词，副词

结识虚词，介词

释出叙事的未竟与未来

针对局势与时态

阴阳互换

不再统计学

在局外重新进行收获

刷新局内的形容

房子装下的，装不下的

灯光照住的，照不住的

城里春风有限

城外野草一山又一山

通通倍数化故事的全图

当无数的片羽

交错在无尽的吉光里

线 索

——赠诗人车前子

今日寂静

万象莫测

一如既往的洪荒

你有时隐蔽

有时披露那枚走动的宇宙

在不拘泥的狂草

墨水的出现，流淌，失踪

变化一棵灰色的苹果树

一座下雪的山谷

一轮明净的月亮

一个越行越远的人

线索，就在楼下

院落有几处摆设着石头

阳光，换了几个姿态

闲坐在长凳上

井里的水

以及其星星，*丝丝*

圈圈的银光，与其饱满
不如外泄
你勾起左边的括弧
却立意推开右边的括弧
逸散纸笔之外

宛如正经
正从荒诞不经中而来

写实，写意，这些事
以及世间的许多事
是神祇的创造
更是你的，得意的，发明
从三色，到各种色系
冷色，暖色

在变幻的，神秘的光谱上
进行白平衡，调整

回到底色，甚至无色
无诗歌

放浪一条
破折号，或者更多，穿过
汉字固化与迷离的渊源
你就像顽皮的皮鞭
或像万能的法术棒
更像杨柳枝
荡起时间的洪水
澄汰为清水
明白的诞生，从混沌开始
追踪其同义，反义
以及更玩味的歧义

昼 夜

白天事事搓揉，成一线
战事，走火于黄金区

导火的黑夜，沦陷为租界
谁不贪杯于借来的时光

夜行的猫耳朵
过日子的猫眼睛

分辨敌人，我族，伙伴
在日以继夜的游戏里

有的人晓行，夜宿
有的人不眠不休

交通灯，就像是胡杨木
风尘中迎送的不是商旅

就是刀客，跋涉
城里的黑山白水

行者无疆
梦游有限

一日的粮食
何如一夜的酒量

且 让

时间的流沙河
让木器雕成方舟
让青铜器磨成镜子
让石器砌成博览馆
得过且过的云烟
试探着，叩问着，萎靡着
一扇扇过意不去的门面

二合一的历史
或者一折为二的名字
以及延异的方言与俚语
无限重组的数字
无数可能的密码
且让它们锻铸一起
集中一点
成为一把有效的钥匙
在所有不明白的游戏规则中
明白自己一次

希望有过一回的主宰
重新调整晨昏的长短

只求再一次开启时间之瞳
再深入一次唐朝
或者二战以后
那些决定性的谈判

四十位小读者
求知若渴，暂且借道
于一千零一夜
借宿于二十一世纪
不断依稀仿佛地回头的余韵

戏　仿

灵魂工程的那一套
有一群顽皮的精灵

魔术师，从帽子里提起白兔
或者变身，成为杂耍的小丑

郁闷的上午与下午，戏剧化
何以表演化一族群的文化史

赌博的扑克牌
算命的塔罗牌

荒岛上有人名叫星期五
城里多人在崇拜星期日

各有应尽的角色；必须光盘的
自助餐；不能不丰腴的豪门宴

预言家的水晶球，真实
虚构如小说家写的长篇

模拟云雾里的刀光
以及一阵的风铃声

戏法
变通红花与世界的真相

嵯　峨

晚上游荡的我们，与我们的分身

以及脚步，少说也有八千

有时靠近一万，有时远离一些

当中有委顿的斑马，花猫、野狗

有热闹以后寂寥的魔术师

昏昏欲睡的狮子

以及跃跃欲飞的夜莺

彼此有的相熟，有的生疏

陌路于磊磊的崇高建筑群下面

在巨大的海报与铜像下面

我们走在低微的街道与小区

形容整齐，更多是散漫

坑洼里不容易转向，很难逆向

我们由此而远征奖项

甚至难免就广邀了敌意

天上堆满星星

地上我们轻浮如萤火

忙忙碌碌如蝼蚁

迟疑，如分两头的街口
东墙的涂鸦是一种侦探学
西窗的夜话是一门声韵学
蝴蝶，捣鬼于花园
飞蛾，胡闹于灯光
我们游荡的脚步，和我们的分身
犹豫于越来越严峻的路上
在壁立千仞的词语
在嵯峨的峰会，论坛，圆桌
宏大与卑微
之间的差距，层层叠叠
如何也能判定真理的高低
我们的皮影戏究竟何时，何地
下来一次坚实的生产
并且结论一场健康的分娩

窥 豹

——赠诗人欧阳江河

里尔克的豹

相反，黄山谷的豹

类同你的，亦未可知

词语的行动主义

漫步纽约

快步走宋朝，以及中国

那些急缓有致的速度

必然也考究诗的高度

你知道的，能辨识的

那些野兽的身份证

斑纹的大小，多少，排列

体现悬棺储存的秘密

透过灵鹫凌空的眼睛

就像诸神的望远镜

——窥见

并且全部衡量

量子化它们的力学与美学

组装手枪

反之，分散子弹

就像词语的死亡与新生

同一道理

就如一颗泪悄悄垂落泰姬陵

一个大平原的雨季

飘摇在东方与西方

汉语与英语

之间，那些窥视与被窥

你不断在冒险

一直在冒犯

物质的花瓶，精神的书卷

封闭的玻璃工厂

与透光的琉璃世界

各种密度，密宗说不完的

你用你的诗说了出来

飞　蛾

翻飞，于电台的长波与短波

交织的网线与网眼

你的轻功，我从不担心

至于你的重负，想来是一种必要

在一个相对稳定的频道

你的滑行是美丽的呼声

或者一声叹息

这是一个够好的时代

或者能有更好的明天

我常常想望，日日夜夜收听

你的启程与归期

以及之间路线的分岔与波折

是战争的延续

或者是和平的缔结与降临

或者仅仅是一场舞台的演出

民歌，靡靡之音，或统统都不是

你飞翔如一架侦察机

风和日丽的白天

继以风雨如晦的夜晚

你收集这些消息与那些信号

辨认图像的斑斓

是否相等于真理的诡谲

一个可以接听的方圆

是否相异于一个可以接受的范围

你穿过沉落的暗室

与亮起的窗户

事情的发生，跟踪，或者预告

关系到一个与多个电台

那些节目与节选的内容

你以不到一百克的身躯

承载百斤的资讯

你是一只飞蛾，我也是

寒夜里无可避免地趋向光源

杂 耍

抛起的三柄短剑，两把长刀

一一降落，又轮番升起

在你的股掌之间，反复回旋

一个简单的规律

其实是一种复杂的心理

比幻化观众

更加蛊惑自己

一个不断乔装的小丑

同时也是偷偷落泪的江湖人

在光圈里暗自想着那些过去

与过不去的事

你在修炼腹语术

包装话语的变声与变奏

在喉结与肚脐之间

在幽暗与清朗之间

驯服猿猴与黑马之类的野兽

把他们惯成宠物

如同降伏自己

要不成为不服气的侏儒

要不成为睥睨一切的巨人

在人生的马戏团里

穿火圈，踩高跷，走钢索

那些好看的戏法

其实都是一些有难度的锻炼

要不蛇吞象

要不缩龙成寸

移去金字塔，搬来长城

不外就是消失然后再出现

会魔法的月亮起舞弄清影

变出三个形态

在渐渐汹涌的世间

你一定要学会分身有术

并且让灵魂与肉体榫卯互合

纸 条

那些时光中静默的纸张
上面有你我之间移动的词语

经过我，尝试抵达你的阁楼
推送春日的浮水印

从陆地，到半岛，到海洋
浮浮沉沉，漂流的瓶中稿

塞满了秋天的黑夜
秘而不宣的星星

日常记挂不住的琐事
我给你寄言：记得定时吃饭

记得盖棉被，免得伤风感冒
如此或者可以兼善其他的事

可以忘记伤痕的户籍
也可以包容感情的国籍

言外之意来自累牍连篇
微言大义，存目于碎片

在共同体的振荡中
一个人的一些信史

阁 楼

束之某种高度
那里，一房子的寂寞

就像祖国
一道又一道的云梯

更上一层楼，极目
搜索一些值得高兴的迹象

魔幻的写字桌
在日晒雨淋的屋瓦下面

楼外，此起彼伏的
青龙木，凤凰木，小黄花

离别后，重聚何时
更漏断断续续，更没说清楚

那些剪不断的
满世界的词语

该上楼的是那片
颠沛流离的月光

代替远方的旅人回来
穿越破碎如镜的海洋

蜻 蜓

你是一辆红色的滑翔机
或是一头轻快的小飞龙
无论如何
你需要完成的重要任务
是告知接下来的气候
会不会是一场蛮不讲理的雨季

那一年七月等待八月
寸草不生的广场
右边的上空，你们聚集盘飞
云集，宛如美丽的水晶球
旋转多角的星星与一轮弯月
为红蓝黄的迷彩
仿佛大时代将至

可又未至
一国的栉风沐雨
一河口的覆水难收

半岛，在每一缕风声中出现

预支了所有未来的感情

从青春红花

到沧海桑田

所以，需要你是一支体温计

或是一根探金器

所以，你和你们务必能感应

一场雨的光临

那样感知梦的重量

预测梦

可能终于落脚的时分

因为在那样的压轴发生之前

无关紧要的节目

每天从早上五点至午夜十二点

一直重播，与复刻

你高高低低飞来飞去

你是空中寻找纪念日的

一只胸针

或是一枚铜章

无论如何

你不得不进行预习

并且折腾

在这里

在宛如永夜的夏天里

蝴　蝶

孙子搬弄，建筑一座花园
困住春天慵懒假寐的庄子

他的七只蝴蝶
翩跹着醉生梦死的词语

策反那面巨大的真实
然后一一向神秘投诚

所谓蝴蝶效应
倍数化未能的为可能的

名词是元次元
反词是二维度

而诗，是无限的空间
齐物论着鲲与鹏之间的变化

镜子反射自己，灯光看见
自己的无为与有为

一切，都在时间囊
包含于梦的无数皱褶里

孙子在构思第三十七计
抬头却见破茧而出的蝴蝶

湖 水

——赠诗人泉子

水的三千面相，你以一种慢的生命，目测
与聆听。流动的平仄，决定着长堤的延续
与小桥的折断。沉浮的韵脚，渲染着桃红
与柳绿。恼人的，都到湖里洗洗去，干净

《金刚经》，你张开一幅红尘，合起一个世界
里面无数的男子，女子。浮生如雾，如电
楼塔镇不下，曲院锁不住，你诵读如日课
如日常，小心如晨晓，大大方方，如晚钟

坚硬的宝石，嵯峨的山峰，铿锵的朝代与
时光，走进你居住的小城，潜入那面湖水
一切便柔如无骨，销魂的柔荑。上来潮湿
并且软绵，如白蛇与青蛇，缠绕在你眉心

蜿蜒如情色，曲折如千古，如一阕阕宋词
或者兜兜转转在湖边的许仙，烟雨，江南
你不过是忙里偷闲，每周一定一次的修行

试着翻转海底轮，为天上素月。一碗残雪
杂陈的五味，从斑斓到透明，到空无的蜜

木 偶

奇遇记，流浪的浪花
当年原来是蛇与苹果

一路以来的事，说真的
或假的，关乎鼻子的长短

以及上面的雀斑，多少
对照阳光，温柔的暴烈

况且后悔与后怕的丝缕
拉扯岁月打了折扣的筋骨

举手，投足，做表情
与身段，别人的，自己的

疑惑，投之以木桃
报之以琼瑶，那样的定律

陆地上有狐狸与猫
海洋里有鲸鱼，与船舶

传说中丰腴的草原
金币，往往有两面之词

星 期

——赠诗人黄广青

一周的劳作，每周的流水线，
仿佛推进天演论，可又真的不是。
不可不有一日的养息，不得不
分出一生的词语，与伪词语，
就像分出光，与黑，与人类。

大雨如注的世界，
一刻不停，建造你的一艘方舟。
在洪水终于如期来临之前，
你忘忧，如远古的那群诗人。
当虚词忘情如蛇，你的委屈
从不求全。你的骄傲如阳光，
修剪你居住的热带，萧瑟如竹，
清癯如纸，丰盛如你和你的那些诗。

金句，背诵如星期一的苹果，
或星期六的葡萄红酒。
毂觫，贴墙滑落的软言，与细语，

就像星期五，某个流浪汉的好朋友；
某个登陆日；上岸的殖民官；
下海的帝国；启示录，新的新约。

而你和你的诗，静水流深。
周日，别人有小玩偶；你有你的
周记，让一切意象还俗，重新度日，
如新生，再洗尽铅华，圣洁
如婴孩。仁慈的上帝，在幽谷
在失去里获得。你敬畏
你胆色示人，在每周的七天里。

时 代

最好的，最坏的，凑合着
不就是我们的世界，与道路。
远方有战争，近邻有爱恨，难得
糊涂的我们，活在火的洪炉，水的容器。
轰轰烈烈的大事，细细碎碎的小事，
从每日新闻、周刊、月刊出发
来到我们的面前，无不照单全收，
不得不筛选：有关系的；没关系的；
娱乐的；严肃的；爽利的；假饰的。
皮肤的春潮，耳朵的秋风，
回旋的指纹在辩证身份的真与假，
开合的嘴唇在论述立场的对与错，
一个时代的硬道理，与软骨头。
在无所不包的语境里，
我们既回不去，又仿佛走不出去。
白发如新，倾盖如故，
不就是我们的相遇，与互撞。
温饱之余，想点别的，做点别的。

这么新鲜，又这么陈旧的时间

不知所终，裹挟我们在内；

而心爱的历史，置身事外。

繁 星

燥热如铁器的你，每晚
经受星光的锤打，洗濯

唯有这样能扑朔迷离
太阳与月亮过于坦率

闪烁的光，宛如词语
从银白，到金黄，到其他颜色

与温度，有点像老家的灯火
有点像红豆，遍生南国

深蓝的帷幕
上面布满碎花，数不清

北斗的渴望
猎户的饥馑

星有好风，星有好雨
天体悬浮，也许非常希腊

也许仿佛战国
你反复拼贴一张张的星图

夜行，宛如穿过沙漠
你的井水，活水，来自天上

风 神

——赠诗人飞廉

岿然不动的宝石山

灵动的你

从春芜深处回来

弹落夹克肩膀上的沙尘

刷新时光的羽翼

祭起四月的风

于是微微有雨

飘在黄河的南边

也落在西湖的北侧

梧桐树相继的落叶与新绿

所谓凤凰

所谓雕龙

就是读书人

一生的手稿，从族谱开始

到家书的落成

最落拓的苏东坡

最闲适的白居易

最纤细的徐志摩

一个路线的展延

与一个气场的完成

他们的，与你的，风的力学

就像你对于格调的追捕

是吹皱江湖

与春水的关系

您的凝神

在内向的，浪漫主义的

宁静的暴风眼里养成

聆听万物在周围涌动

在固若金汤的宋词

一圈圈的漩涡

不可有的悲哀里

煽动并且点燃了新诗

雷 同

好生热闹，万千小粉丝
呼应一声巨响

平地的雷，滚动的霹雳火
再滚成小蜡烛，与荧光棒

朝向舞台上的说词与唱法
台下，人人在一模一样

再多说，就手拉手
围成甜甜圈，排除沉默的

绝大多数，山后面的太阳
插不上话，宛如哑巴的鱼

不是巧合
而是故意

翻本，翻成通行的单行本
独此一家，照本宣科

都来重复，落地，生根
于电视剧，电影，宣传片

以及虚构的现实
怎么样，都一样

春 望

——赠诗人得一忘二

这里，是让你失望的繁华的湿漉的床
七尺泥潭，比梦想还迷津，你的五月
是一枚干货，或鱼雷，勘探水的安危
辞海大半隐去，只剩语助词，在荼蘼

在破败，一座城池的形式，以及城市
形形色色，包括路边的花，天上的鸟
任那时光匆匆流去，任谁在呼风唤雨
你也要擦枪走火，在乎离别，于时序

原本三月，连续三十年，家书少写了
战帖有时下去，有时不下，不抵万金
也要竞争当作资本的齿轮，或者燃油
赎回你一路来的脚步，你老家的青春

春天从不，不会不约而至，但是必将
数落所有的结果，而至开花，乌发的
稀薄，白日的耗费，盘不起无邪的髻
绳墨之言，期期然，或许只能成为诗

破 晓

你穿上一地散落的衣物，
包裹裸露一夜的身体。
苏醒，仿佛不在自己的床上，
在陌生了一世纪的城市，谜团
秘不示人：每一个晚上，你奔波十里
遍插茱萸的山岭上，少了一人
或多了一人，话语还是那么金贵，
还不够梦境的延伸。
月亮，星辰，太阳，
在各自正确的时间点照亮，
但彼此的交接，与轮替，
不存在对或不对的问题，
就像街灯，交通灯，峰塔。
今天再行十里，想出成果
宛如状元红突破瓶颈；
疗伤的药卖出葫芦；
或者哨探混入每一天的前线。
在刺探的年代，白日遮蔽的时分，

内核与野心的谈判破裂。
如果真的要揭晓一些事理，
街头的解梦师会告诉你：
茫茫人海
尽是浮浮沉沉的鱼饵。

借　宿

一个人的《苦寒行》
万千人迹逐渐消逝

独钓寒江雪的那个下午
回来后我需要猛烈的壁炉

借来，一个修复的晚上
或者更多，一千零一夜

为了摸熟陌生的门扉与房间
我需要携带我自己的坏习惯

通宵看古装剧，或者
写书，或者日间酣睡

辗转听到一列列的绿皮火车
经过这小小的驿站

就在滩涂，多添点柴火
夹道而来的未必是善意

时间旅行者
在浮世里找到自己的片段

路过半岛以后
坐在沧海上的明月里

工 具

每天，你面对一箱子的工具
与一具灵魂，沉默的灵魂
你点数那一件件的工具
钉子，锤子，绳子，锯子
胶水，胶布，胶带
以及其他等等
你经常确认它们没有丢失
务必完整无损
软硬兼施，正常发挥
它们的重要性与有效性
它们各有特点，能独当一面
也能互补长短
该完成什么，就完成什么
存在，体现于功能
它们不会无所事事
你借助它们挂上云烟的往事
压下岁月的棱角与锋芒
系好送给未来的礼物盒

割断五月的朽木

黏合夜晚的漏洞

或光天化日的缺口

为了防备雨水的渗透

于洪水泛滥之前

以备不时之需

为了一生的用途

一箱子的工具都在忙碌而絮聒

宛如一工团的虫蚁

在企图巧夺天工的工程里

有时，你会看到那一具灵魂

就像偶遇自己

无声无息

在角落悄悄拭去落下的眼泪

无法成为一把乐器

更 漏

耳朵听来的
从紧握的手指间流逝

时光是飞奔的豹，进来
夜间疏而不漏的动物园

一座过分清醒的城市
到了晚上还精算时分

宛如正在被宰制的鱼肉
何如纷飞的小小的流萤

如果远去的马蹄声
是眼下的达达主义

最好就挑灯，整理
并且消遣那些零碎

敦促自己在黑暗
观光遗忘的帝国

如坐针毡，小心
而且担心虚度光阴

夜读与夜梦互相缠绵
蔓生，至明天的作业

迷　失

被用旧了的兵卒，战马
将军，男子，女子
老人，小孩
他们不知道
去年的棉衣
明年的米种
埋在哪块土地

词语，黄昏雨那样落下
淅沥沥了一个世纪末
又滴滴答一个世纪初
这座朦胧的城市
迷途为一盘围棋
各一百八十颗的黑子与白子
乱窜左右，东西南北
甚至走丢
反反复复，各种出局的可能
以及结局的未能

了断不了的

漫漶了的

失魂落魄的

去疆域化的

楚河汉界

被误导了的灯光，月色

路人，浪人，居民

戏子，观众

他们不清楚

正面的课本

握在谁的手里

成为负面的课外书

暗 示

欲速不达的火车
穿过春天的十八弯

经过湖边绿色的房屋
与峭壁上的红色庙宇

不能直说的话
方能周延到底

委屈的小蛇，在树荫里
知道了的秘密多于秋蝉

我的遍体鳞伤，绕着
两次季候风跟你诉说

我不恐惧搁浅
只怕没进去你的深处

甚至星辰也是一种暗喻
何况我的诗

事先张扬的，往往是
迷离的小刀

时间的大风
在事后吹起一张张塔罗牌

远　方

海那头的城楼

闪闪发光

比滚动的黄金白银

还夺目，甚至盲目

比家园的雷雨

更没个消停

饥渴的盐

不能清白如洗

只能转为相思的红豆

生在远一些的南国

躲在更远一些的南洋

此物最悬念，如军令

如火车票，船票，飞机票

如家书，如手机的铃声

每次回到海的这边

你都像脱了一层皮

开始是一年一次

后来是三年一次

再后来就不晓得多少年了
这一次回来的你
整个人换了胎骨
身上分不清是暗黑的疮疤
还是时光的鳞片
你复述那里，就像游乐园
或者马戏团，并且复数
见过的鸟类，动物，植物
一片充满博弈的浪漫
就像思辨而生的梦境
一场场不得不的春望
一次次难眠的静夜
一步之遥的海洋
形同义无反顾的陌路
不成乡愁

允 许

神来之笔

山是山，水是水

好风光

缔造你我他的一份

死生契阔

指间的草绳

胯下的跳绳

脚步的界线

这样就决定在一起

很好玩的游戏

玩不得的禁忌

厮守，磨合，催人老

再来温柔一剑

宛如坚挺的一笔

勾销以前

点睛未来的方向

你我他举起的手臂

就像一首歌

一种敬礼

一份膜拜

一个图腾

不断接受异己

排除自己

从相守到一起信守

一直融合到

山不是山，水不是水

好风光

还欠好运气

暴雨逐渐冲去

你我他被允许过的亲切

那样原始的甜蜜蜜

曾经独立于各自的灵魂

美丽于差异

造 句

两个字
就此生成其他景观

生的，死的，离的，合的
就一句话，或一论述

为了表达的表达
到远方，到两颗心之间

都必须应题而作，有时
况且还三个字，或更复杂

不但（抽烟）
而且（快活）的一个晚上

就怕节外生枝
后怕埋伏四周的潜台词

现实主义化一场戏说
从简单的句型开始

然后复式至不得不重组
词语，反映谏言的真心

世界
一直不在建议之中

小 说

少说也有两张口
还有相异的灵魂

不断相撞出孤独
或者集结为起义

演义，如果南美洲
就百年的魔幻现实

至于古老的神州
熙攘流传于章回

每一次等待下回分晓
或者穿越上回上上回

狂人写日记
矛盾于老房子

比现实社会还写实
比想象共同体虚构

干瘪的题材
就到黄河浸泡

或者下南洋
微言浩瀚一番

旱 魃

趁着风头与火势
那块利器
宛如正午十二点
更像二十一世纪
不由分说就白热
不容人影

只有主义的鬼妖
一颗旺盛的肝火
一头暴躁的红头发

甩掉异教徒的帽子
跟所有的水分闹意见

在河口边上绿林
与百花交错的地盘里
摸清火药的线索
与火种的存在

融消一切物资
动产的，不动产的

一口一火山
有资产的，无资产的
燃点在沸点之上
阶层在分裂

焚烧赤道的薄凉
骨灰的炎凉

枯槁的一众布衣
流浪在干旱的年代
谁将穿越烈火
回到温柔的井

身 份

摆平以后

置入方正

框边之内

那人是年轻的

陌生了三十年

浓密的乌发

比草原更能潜伏

岁月的烽火

瘦削的双肩

撑起的天平

企图向天立正

清亮的眼瞳

对视黄昏的诸神

百鬼夜行的道路

一个肉身的获得

需要一个身份的启示

一些录用的符号

字母，数字，颜色

不断被出示的标签
不断被刻板的印象
到得了的边界
穿不过的界限

在认同的方寸里
推移着时间
从异教徒
到异己者

透气的一夜
庸碌的一日
从正面转身到背面

就像灵魂与工具
转变未曾完止
那人是年老的
熟悉了三十年

认 同

鱼尾浮现

旋即隐没

一面湖水

泛散于一座岛屿

神秘于一位叶芝

想象于一个民族

一首诗

浪漫不浪漫

快乐不快乐

涟漪也在思考

回响一部经书

交锋两把霜剑

风刀宛如时间在过道

窥伺番外的脸面

城里的头颅

认同的符征

一分为二

再分为四

身份的几何

我们认识那么早远

交好那么未必可知

我们相互拖欠的

约会，促膝长谈，与议决

电影，粉墨登场，与落幕

不清不楚

正如蕉风，椰雨，与星星

诱惑于一个半岛

恍惚于无名的移民

反映于一面镜子

当我们都老了

还乐此不疲于错过

非此即彼着语锋

黄昏着那些奋斗的目标

技 艺

路边一间咖啡馆
一群不温不火的文艺青年

耍宝，炮制，伪装
时间之书的作弊

花园的蝴蝶
从不知晓梦境的皱褶

其实是年轮的暴力
那些技艺，考验啄木鸟

利喙，眼瞳，羽翼
技术能否到达深度

利与弊，鬼斧神工
庄子的木器

一手绝活，如若不糊口
必须征服贵人与敌人

草草不工
不是草草了事

栩栩如生的
木头面具与手脚

感　情

线的组织，出于八月
收获的蚕丝，棉花，麻纤维

小规模的生产
大面积的梦想

我们的缠绵
偏安于兵荒马乱的青春

仿若笼中那些金丝雀
挤在一起，歌唱三十一日

相互瓶颈化
各自的嗓子

过不完的蓝色时期
仿若年轻的毕加索

预先完成了
《弹吉他的失明老人》

固化某种颜色，简约化
我们过于年少而草率的结社

雕　像

钢铁，是怎样炼成的
清风，就怎样练成的
这样的雁过留痕
水滴石穿的绝活
是时光的精准手工
度量形象的浅显与深刻
它们的棱角与圆滑
巨大与微小
正如确认灵魂的分量
还得在离去与回来之间
昂首的黄鹤
低头的青牛
踊跃的鲤鱼
神秘的神龙
穿梭在宿命与偶然之间
时光，是这样工作的
观摩，拿捏，磨砂
雕琢着我们
有名的，继以抽象的美学

无名的，寻觅于昏蒙
或者绝黑的深渊
至于未名的
首先考虑他们的眉目
然后就是历史的手脚
所谓立像
无非就是永恒那些人物
与事物的瞬间
在繁盛与凋零之间
时光，是这样选择的
要不匆匆掠过
要不起死回生
宛如利器翻起碎片与渣滓
有的雕像终将下跪
有的站起
在不断移动的工作室里
时光，是这样专注的
微微的，在高烧

借 光

一千里的半岛

西海岸的热浪

同时也是暗流

翻转托勒密的地图说

黄金的记录

渺茫于阿拉丁神灯

勇敢于许愿

失败于如愿

我们曾经深爱过的长途

短路于猎猎飞舞的黑袍

时代萧萧吹送的千层雪

掩袭守候的灯塔

夜的墙垒壁立千仞

我们凿壁偷光

复读一起的爱情宣言

重考共同的备忘录

寒窗不断学习

荒唐的西洋镜

妄图的东洋经

在过于白热的学海当中

一千里的半岛

西海岸的希望

同时也是失望

解构安德森的国族史

宝贵的字体

漫漶于西海岸宏图

神秘于高层

混淆于底层

失去亮彩的星星

正在沉沦的月球

没有一天是纪念日

一千里的西海岸

只剩一寸的机会

花　样

新翻的年华，在荒漠
流水账包含绿洲计划

柳树垂荫，百花齐放
有心，无心，全包揽

层出不穷的花式溜冰
如履薄冰在热带半岛

不能，不能或有冷场
一直，一直都是群戏

其实不过也都独角戏
耍宝以致正名化太保

哪怕眼花缭乱的招式
也要整齐划一至私家

秘密花园，对应外面
千字文于草莽与丛芜

如果夏天一去不复返
红花会不会还那样子

不注意流沙最后必将
沉埋傲慢的花里胡哨

书 店

这里，提供环游世界的入门
或者，加入国家的某种方式

可爱的爱丽丝，梦游仙境
万一进入书店，灵动的白兔

就跳到四面墙壁，与走道
两旁排列的架上，与书报

一起说话，入神的叙事
皆是预设，与后设的文体

灵魂，来到这里
安静如纸张，波动如灯光

买一本回去，或者两本
煮字，充饥，以及疗伤

店里，就像被诓进的童话
或神话，或一九五七年的电影

幸福的时光，以及遗忘的
就在指纹轻轻打卡的页面

就像回荡的背景音乐
这里，有虚心的祖国

傲 慢

一颗顽石
二话不说的道理
成功于一种说法
说尽红楼的梦境
绿野的仙踪
有趣的，无聊的
无论动物与植物
如何狂荡与蔓延
兜了一圈还得回来
回到金贵的公主
与高贵的皇后
那里的父系
一言九鼎着人物
生命的低潮与高峰
故事的边界与中心
就像一支杠杆
又像一根钉子
规划词语的年轮

定音江湖的风波
有人的孤独论
是一种高原反应
云里的，雾里的
那种境界
是缺氧后的寡语
从朔风拔得头筹
在金顶夺取太阳
立竿见影
得见忠悫的蚂蚁
百倍的重担
前仆后继的搬运
与建设
为了一种傲慢
一次次地改稿

偏　见

人人，都是一样的，不喜欢流浪
讨厌流放，一样的月光，去了远方
或南方，换了不一样的床头，仍然患得
患失，不是雪霜，就是风雨，那些怀疑论

傲慢，与偏见，相离，仍然相伴
先生，小姐，刻板为旅人，移民
印象为种族，偏头痛，不言而喻的
无可救药的，打照面的，两个暗鬼

宛如双鱼座，背对背，未能太极
又不周易，只能互相尾随，找一地方
立一地名，彼此形容，重新整形
不是外表，就是内在，那些人口学

水鬼，海王，戴面具，扣帽子
陌生于日常的碎片，魔术于人生
变形的哈哈镜，成见于给自己的偏方
也给别人的，误以为不得不的终局之战

峰 塔

我不与时光相欺
登顶只有一次
那一年
与许多年一样
无所事事
却又百业待兴
那一座峰塔
就像一个壮举
威风而刚猛
又像擎天柱
权充景仰
甚至敬礼
一身不锈钢
挂满玻璃片
就像炫耀的战甲
尚未完成
却已宣告成功
在原该鼎革的河口

何以温新如故

混凝我与你与他们

注射未来国的梦

如春药

一次的挺立

下来后就萎谢一切

许多年

与那一年一样

百无聊赖

而至一事无成

我不与时间相瞒

在破碎的土地

真相完整

峰塔如云雨的巫山

荒诞如不系之人

野 史

满座的厅堂
尊贵的朋友三十六人

至于三十六计
全部到外面去，透透气

你的眼睛怎么了
你的头发怎么了

户外的日光作用
丰富的存在主义

周旋于更大的场地
活一活，经络，筋骨

伸展，蹩脚的词语
成为飞翔青天的鹰隼

江湖上的罗汉
好汉的长歌行

夜奔的目的
是为了逐日

在从不熄灭的野地
唤醒一群麋鹿

简 史

该退换的，就还给八月，暗夜的减法
从算清人面开始，一闪而过的阁楼，隐没
像流萤，在议论纷纷的森林，与城市
多余的词语，仿佛一盒另有企图的礼物

你打开你的包袱，在寂静的写作室
或者热闹的剧场，灯光的投射，与聚焦
帮你决定什么是宝贝，什么是废品
丰富自己人，删减他人

多事之秋，简写为一枚春日
问蝈蝈就知道，他们知道一百天
哪一天举重若轻，哪一天可以略过不提
在飞越，并且掠夺，希望的麦田以后

你在河口，再次回到词语的河水
与海水的交界之处，让寂寞成为近身之物
与防身之器，其他的人，其他的事
该简单的，就简单为以少胜多的省略号

邮 票

原谅我的一厢情愿
只收集某一个来处

某一些图像的邮票
高清的鲜明的花卉

动静各精彩的飞禽
走兽，以及缩小的

却又壮丽的山水与
建筑，深刻的符号

特别让我长久入迷
那遥远的地方有你

寄来的信件，仿佛
有事，却若无其事

邮票前面是你眼睛
后面，有你的指纹

以后会来不及握住
那些思念邮戳为凭

在集邮册与首日封
封印齿状的不妥协

铜　像

无主之物，一开始就已固化
他的，游人的，日光浴

观光区，一座站立的铜像
他与谁也不相熟
谁也不是谁的意中人
在怀疑的深秋里
单词，与单词相撞取暖

在河口的东南方
笨重的钟楼的周围
凉风从不啰唆
收拾了流动的词语
这里，是不言语的一隅之地

谁都遥远地离开了自己的家乡
游人一千里的山水

他的八千里云和月
导览员不由分说地整合成共鸣

只有造物之主
知道他的佯狂
知道他的锈迹斑斑
也是时间蔓延上来的寿斑

一千只传信的鸽子
与一千只喋喋不休的麻雀
争论青春的骚动
与如何不会变老的秘方

微不足道
不过就两种材质
一是远古湮芜的青铜
另一是麻木

再来就是成熟的黄铜

炼他成为沉默之舟

在狭长的半岛

与滚圆的小岛

之间停驻，在无声荡漾的码头

千堆雪，凝结之前

谁也不会在时光里蝶泳

游人不会

铜像，他更加不会

拾 遗

神，他的旨意从浅显的庙宇
失落，如珠宝，金子，银子
你可以试试，再次占为己有

那些敛收过的稻米
是不可以翻种的

残忍的四月，恒常埋藏黑色的梦
一厢情愿地甜蜜着的，只有风光

光明正大的阳光
不断在掘地三尺
那样下去，四月以后
城市就会真的沦陷为废墟

拾荒记
拾遗的凡人
拾梦的穷人
白天夺宝，黑夜寻宝

在他者的眼睛里
打捞自己
与自己的影子

赎回第一人称

草草埋藏了雨水
奔窜的鱼
在赤道飙高的热风
减退的河水中
追寻相濡以沫

在一丛丛枯败的灌木
搜索红花的火种

或许可以失而复得的
那一片海
宁静如谎话
并未翻腾如野史

有 名

我们的写作计划，必须趁早
就在丰年，那个应该的时候

事先张扬的忠义
然后是反复确认的爱情

出师表，投名状
相忘，或团结，组构次序

互为表里，首先或者是最后
台词，跟潜台词的关系

汗青最知道，赝品，或真货
哪个最心切，或心急，如火

如刀的勇气
拯救永恒于瞬间之间

词语的横轴

时光的纵轴

交架为十字

叠交为雪花

我们如此乐于以某个名义

折射着光谱，萦回成光环

无　名

英雄，他的末路，在于堆积的情感
债台，高筑一座写字楼，签名的清单
一份赋予黑山，一份交托白水
再来一份也许就还给自己，以及大家

他的出路，盘结如网，稀薄如西山
催助于昌盛的夜色
更甚于疲惫的暮光
晚餐以后，必须活动的，散步的人生

也是宿醉的路线
他的，以及随从的，敌对营的
舛误，抵触，互相消磨对方的姓名
终至大家是一样的，一样扁平如纸

冲进滂沱大雨的夜枭，和光同尘
变得跟其他的，任何的事物，都没两样
在葳蕤的辞藻翻动中，大家彼此擦身而过
宛如水母，透明，纷纷扰扰，无声，没记号

未 名

稳定一份我们的夏天
花露水，爽身粉，或昏睡

介于干燥与潮湿，动静之间
亲爱的，这是要把你找到的过程

你是一面湖水，婉拒时光的命名
原因，在于涟漪的另外一圈

尽是晃动的，破碎的倒影
未竟的拆解，理解的游戏

伊人在秋水
旅人在南洋

流浪的名词，还未抵达
从凌乱的田地出发以后

到陌生的风波当中
卷宗，揉碎为纸浆

书写隐隐约约
江湖的鱼虾，浮藻，泡沫

大演说家，与大家翻涌的讲义
未见仓颉，母语的发明

热 闹

钻木取火
于日常，非常拥挤的流程
摩登的原始人
见到隙缝
就想尽办法把自己塞入

弄懂也罢
糊涂更好
那些瘦身术，纤体法
以及变形的经历
是为了跻身人群中
收纳自己的虚无
在臃肿的城市里

密密麻麻
一群扑腾蚂蚁
以及滚烫文字
好生热闹

点燃，沸扬

一锅的汤水

一席的饭菜与话题

一起来吧，熟人与陌生人

围桌如围城

尽是谁在里面或外面的对比

千万不要生分

我们要相拥

在气温偏低的区域

我们需要诸多色彩

医治偏头疼

在旋转的世界

锁住善变的流光

夏天很快就过去了

不会更坏
不会更好
反正不会比一个人的冷清
更有出路

码 头

曾经沧海，难为的水，浪荡回归
重量一千斤，或更多，一万里的风景
是该定期检阅，有没有误点，或时差
那些物流着的诗，无诗歌，与远方

跑码头的老家伙，往事五十章回
里面有一些好人，一些坏人
更多的，是一直在奔波的凡人
在这里暖场，签到每一次的开始

换更的时候，不知道这里是源头
还是尽头，也许可能两者都不是
等待的人，也是劳动于生命的人
阳光的狮子，月光的马，在这里

上岸，下海，水洗和干洗的人
酒酣耳热，脚板发烫，攒动在码头
统治一片海洋，解放一群海鸥
从此以后，另有打卡的方式

万　物

你不用过于害怕
加入少数
也是全部的一部分
也是万物
天地间的所有
就像文件夹的分类与收藏
你只需学会打开
自己
进行自己的叙事

就像某个神
也像诸神

无论黄昏，或者清晨
无论某年
或者许多年
你看到许多信仰
流水的粼光

北方的星星
南方的花季
这些定律的发生

可你也看到那些
唐突无序
野生的词语
等待你的命名

如此便够忙活的
修道士，预言家，建筑师
一位诗人
以及其他许多的诗人
解释繁复的面具
认识内核
为脚注而烦恼
为韵脚而愉悦

为无穷数的你

螺　丝

转动，大众的锅碗瓢盆
拖曳，一己的立锥之地

上层建筑的宏伟，深藏
先锋的余音袅袅，隐约

丝丝的，浅浅的纹路
是自个儿的惊涛骇浪

攻心为上的钉子
抒情主义的白蛇

那些年的湖水不直白
这些年的叙事都绿林

锤子一直很努力
皴染江水与群山

自转支持公转，或是
后者钳制前者

无以或忘，每一根螺丝
自己，会有自己的年轮

无论上方或下方的添堵
咬住不放，密实的时刻

边　境

海天一线，你看中的地方，如豆荚
摇晃在巨人与小孩之间，交错现实
与梦想，童话如消毒，野史如抗体

你注意到的，白话在这里，走出书面语
偏锋的字体，落地前行，如水色离开码头
日光投入万木，追踪留宿，在两极中间

在可能之地，陌生人，与许多陌生人
混成熟人，互融身份，远大于物物交换
做一个春天的蚕蛹，一起束缚为当地人

差池以外，这个边角，是你看中的地方
不管以后，如何你不会再是你，绕指柔
美丽于百炼成钢，新物质，会自作主张

回 声

虫，从来不容易，蠕动

从五环到一环，再回到五环

或者在更大的方圆

经验在创造，重复

比迷宫还迷惑的，词语的回廊

宛如一丝的清醒

搅动精神病的一月

完全没有捷径

只有曲线流过半岛

百虫聚集在那个盆地，鼓鸣如蛊

宛如夏天里失火的喇叭

又如隔离区的篱笆

上面的牵牛花

不知道何时开放清新的朝露

淙淙而降的，天上水
滚滚而过的，东逝水
在地理的深处
也是历史的背后
流淌，兜转
交谈

就连方言
去到那里，也有延异的口音

去处，是一座城市的沉陷之地
宛如一粒沙
更像一颗盐
掉入一泻汪洋
自己呼喊自己
召回比大众更遥远的个人

往内收拢
熟悉的，陌生的，逶迤的蛇

壁 虎

一双大眼睛的你

准会捕捉好时机

我与你的相逢

第一次在十五岁

此后每次都巧妙

我在夜读

你陪我句度

长长的尾巴打拍子

敲击在历史书

该断不断的节骨眼

那些事

那些人的犹豫不决

不如你的毅然决然

不如你的断尾

就像你守宫的角色

又像你檐蛇的身手

那一面面的墙上的词语

有的蔓延而上如青苔

有的滑溜而下如月光

一双大眼睛的你

准会知道好方向

我也想尝试学会

知识的具象

诗的二度抽象

百事猬集

宛如暗黑与蚊虫

这些捣乱了节奏也罢

黏合了时节也好

你长长的尾巴数拍子

就像司马迁

又像里尔克

总是希望敲醒

我们的孤独

史　前

表达之前的表达
光明，应该就是黑暗

从若干人
到第一人

海水赞同海水
源头反对源头

诗经以前的先民
负责任于原生态

后来发明的传统
比复古更要本质

在工具与玩具之间
灵魂努力尝试还原

当年的文字
当地的仓颉

决定同义与反义
那些火舞与水葬

逆写历史
该以怎样的阴影与光明

魔 法

社会一直很忙
我们行动必须够快

就像魔法棒，换着把戏
沉甸甸的包袱，无分量的细软
都要变成及时的法宝

从分身乏术，到分身有术
从黑色小房子开始分割，爬出手，脚
头，身躯，背道而驰，却不违宗旨

倒扣城市，如一顶高帽子
放进海报与语录与纸屑
层出不穷，一栋栋科幻如梦的楼宇
放入衣物与鞋子与雨伞
拿出公主与王后与国王

车流如枷锁

大手笔，卷进万物与众民

灯光如镣铐

考验限时挣脱，进而解密

从化整为零，到化零为整

破碎的镜面，水面，门面

重组为人面，美丽的，丑恶的

最好的，最坏的时间

风风火火的词义，一句话变成雪夜

再说又变成丰年

从无中生有，到有中生无

变着伎俩

仿佛从来没有如此神圣过

小　令

世上可能再无小小
而清新的露珠

滑落隐藏黑梦的土地
光线改变了速度，迎向风暴

融不进大体的
还有细碎的万物，琐碎的流韵

只能写十六字，或者稍微多些
谱进如梦令，长相思，浪淘沙

洗尽一个大时代
那些杂质，荒腔走板的音符

寸草少生
也许是因为少了一寸光阴

或许因为难觅宋词
一阕合时宜的气量

宛如二寸鱼，穿越时间的河
成群期待闪亮的繁盛

而这时候，时光只能
悄悄闯关，就像穿梭的暗器

故 事

接近尾声

我们每个人都来到风口

说不完的话题

说不下去

有人呵欠

有人咳嗽

没有多大的声响

不及大风的张狂

曲张的路

慌张的树

峰塔没能如实坚挺

红花未能如期而开

热浪过后仍然是热浪

我们当年的起稿没有始乱

何以眼下的词语尽是终弃

没有结局

一直没有

从前面的章回已然知晓

细节磨人

磨损我们各自的角色

减损合作的蓝图

笔墨应尽

那些伏线皆是岔路

导向说书人的口沫横飞

大头家的长篇演说

还有什么

是小人物可以聆听

并且付诸行动的

流水般的那些人

泪水全无

真迹罕至

我们每个人都已来到浪尖

方舟未见

索 引

千里香，短路得比随机更危机
远去五百里，月亮只比云朵知道多一点
这里的五百里，实录一些，存目
或者删掉另一些，按部首，笔画

或者拼音，那样的话，我们的荒腔
走板于偏角，回廊，追踪我们
如风的私奔，那样的粗野，以及温柔
在无以疗愈的海洋，与半岛之中

负责交通部，推波助澜的一片绿光
闪现，像在开通什么，又像误导什么
红花的动情，事隔五十年后，稽查
比当代的训诂学，更虚无，后现代

分属本草纲目，或者，社会行为学
在后殖民的植物园，以及广场里
那些有名有姓的，有头有脸的
比明星更神隐，比繁星更陌生

渡 口

一直跳火圈的
鼠鹿，老虎，貘，穿山甲，蜂鸟
是万物的一部分
还有你与我与他
我们的计划书
后面追着时光的皮鞭

宛如波浪的剑
或者，宛如剑光的浪

我们的半岛
绕过瘦长的海峡
又绕到茫茫的海洋
一直想象渡口
宛如追逐向前移动的火圈

一杯冰冻啤酒

对于热昏头的下午与人们

一盏橘黄的灯

对于梦境未至的暗夜

渡江的一苇对于达摩

出关的一头青牛对于老子

一段段回不来的时间

对于我们

是渡口

是摆荡，每星期的游戏与禁忌

是穿越，每一年的庆祝日与典礼

在未可预期，未必能抵达的彼岸之前

我们纷纷流落

成为无以辨认的族类

在渡口

能证明我们如此不清白
何止身上的肤色与剑痕

还有那个一直被宣誓许诺的未来国

偶　然

最大的公约数
是一万亩的锡矿湖
或者更多的橡胶林与棕榈树
或者石油

是之间的我们
是你，我，他
是新月与多角星体
晃动于蓝色，红色，白色
波浪当中任何的共同体

至于漂流物
就像天边的一片云
以及国土上的风气
只能是概率
就像蒲公英乘坐季候风
路过的雨散落在土地上
或者那一次的交会
我们未及全盘托出的那一年

欢欣，于仓促集结的广场
惊讶，于我们抒情的河口

沧海，转瞬消灭了我们的投影
记得的，忘记的，隐约的
我们的结合毫无经验
可言说的，是黑夜

我们的忧伤
随机而永久

记 号

洗劫一空之前
标记一些东西

阳光，沿家逐户
辨识善良的，相反的
——

说不定有用与无用的符号
说定了，往后一生的身份

就像失窃后的自行车
便于找回来，回来后还得自立

世纪的雷雨，未必失而复得的
那些春秋，那些家，那些人

记住，你的头发
与皮肤，与眼睛，都是你的

法师靠星象
我们则象形

年轮，有一些圈是光的裂口
有一些圈，却是黑暗的伤痕

流离的水纹，成为你的
只此一人，一族的手印

抒　情

后诗经，时代抒情如风
无情如图书馆
以及演唱的，演讲的，大礼堂

硬撑起来的青春
仿宋体，新罗马，粗黑体
以及蓝调，爵士，摇滚，电子舞曲
忙活于丰年，荒年，流年
我们在印刷，在叙事

我们在歌颂

讴歌，万众瞩目的人
还有那些流浪的王子，流窜的英雄
无论是谁
都有当打之歌

必须，必胜于巧舌
修炼读心术

上邪，无邪的
辉煌的偶像时代

无边界，也不会枯竭
直到热浪冲击
现实与虚构翻覆
我们也要跟偶像相知
不要绝断

直至所有的词语落发为僧
音符剃度
我们别无杂念
共同体，方有指望存活

街 角

到处借机消愁

我们学习成长的这些年

每逢星期五

或者星期六

晚上都会约在那里相聚

城市街角的酒馆

我们这群移民的后裔

在后殖民的房子

说着市民的游戏与禁忌

往北三里是电影院

向东十里是广场

还有书店，咖啡座，地铁站

定位在远近各处

都各有各的发生

我们哪里都不去

就在这里

喝着成年人该喝的酒

做着成年人该做的事

说着善良的坏话

以及没有营养的好话

灯光是我们的范围

酒气是我们的氛围

出去了什么话也不说

胆气也消减

在生活的边缘

与时间的夹缝

我们的词语不过是边角料

充实不起第七个梦

那些陌生人总站在暗处

伺机而动

某些故人被带走了

他们仿佛确实就是清白的人

对于这些我们沉默无话可说

刺 猬

我们不断进行的那一首诗
真身，是一只执拗的刺猬

划过诡谲的世面，分辨虫豸
犹如词语，各种属性与心态

进攻如箭矢，如长句与短句
防卫如逗号，或者干脆句号

如此这样我们繁复的美学范式
伸张某种主义，内敛万种情绪

就像撑开的雨伞
收集暴烈的阳光，多变的阴影

在汹涌的黑水旁，跌宕的绿林
当中，那一把张弛之间的弹弓

一身是刺
浑身是胆

严丝合缝的我们，柔软的
体现，当然必须先是有梗

古喇叭，在聆听鬼雨
渐渐凝固身上的火焰

假 寐

眯，神于柳叶
观望黄雀的动静，恍惚于夏梦

打盹儿，红花，还有金花
与银花，半岛总是慢半拍

以假换真，风流在轮流
江山，美人，英雄，草寇

异床，同梦
你与国家隔了一床位

或一野店
洪荒之力，来自饥荒之意

变形之前的卡夫卡
迷迷糊糊的之乎者也

不一定就不当真
半睡的语法，为了难得糊涂

反正是假假的睡意
也不怕误点，误时

照样有饭局
从不闲置一场好戏

大 写

征逐，而又被征逐
在异地，异语充当主流的楼台与街道
那些字母，陌生，而又被熟悉

被教养的，二十六个字母
以及不断增加的人口
释出母语
分成辈分，阶级，背景，那些关键词的大小

你做过一些统计
万物，有的事物不能不算

例如：第一次的犯错，最后一次的认错
不能不大写；其余的，那些之间的，边角的
就算小的，小写的

尤其自从有人给这些事物命名
你跟他们的关系：合作，撕裂，再合作

满天星雨，弯月下，逐渐迭起的浪潮
布满黑色的尺寸

度量着一切

飞扬跋扈的字母
趾高气扬的文字

冲撞着，被截断的码头，城头，高架桥
以及被截肢，被剪去指头，舌头，脚趾的你

被编码后的第一人称
被削薄的第三族

小 写

——赠小说家东西

赴会的，离座的，无序的脚步
下面，是迭连起伏的土地
宛如浪潮，高速公路，动车铁路
汇拢成主流、从农村涌向城市
你用小说写这些事，另一种大叙事

过马路，小心的人，先看左，后右
写故事，现实的人，从地方开始
到核心，都是小写的人
被安排的工作，被宿命的身份
没有语言，被消音的生命

一一涌动，导向错假的航行

一眼就看见，见底的未来
篡改的命之必要，后悔录之必写
至于忏悔，还有什么余额，是值得的

如果只能唯物，不能不什么主义
我们只好微物，我们的神

流浪的猫，流泪的小孩
起老茧的手掌，风湿的膝盖
转折的女子，有去无回的男子
暗夜里的咳嗽，梦里家乡的舒卷的云

这些被卑微的万物
你给他们安放在故事里
各自加一个形容词
平地而去的雷，到某些人的耳边响亮

夜 谈

有设防，不热闹

说些刚烈的话题
把时间燃成干柴，词语炼成干货

我们方能热身

天色已晚，长夜难测
鬼故事，或者干脆一点，鬼
放在台面，或者任何地方
都一样，尽是水汽，与黑暗
与暧昧的黏糊

我们只有一个晚上的时间
一个藏身的空间，十二具皮囊
通体，是抗体性的光明
但微小如萤火虫，提着酒盏，相互碰杯

如果将来有人问起
今夜我们谈了什么
就说：战斗
冒雨而来，冒雨而去

别睡了，别轻易翻入别人主宰的梦里
那个光天化日的世界
我们的灵魂在那里变得沉重乏力

万　能

永远的夏天，在半岛徘徊不前
青春唱不完，红花不会老
过不完的黏稠

能维持，伪装
也是一种能耐

反话正说，一种魔咒
好像说了什么，好像什么都没说
在一面镜子前，让镜中人，成为三人
然后过来这世界，成为梦中人，万人

是一人的势力
荒唐言，翻飞于大观园
缤纷的，灰蒙蒙的，雪白的

很久很久以前，在遥远的王国
万能的，只有国王

万能插，万能胶，万能涂改液，万能清洁剂
万灵丹

一种特异功能

一面的说辞；现在胜过从前
或者未来胜过现在
诸如此类的一种神通

话说，很久很久以前
很久很久以后

深 渊

徜徉若失的脸谱
如履薄冰

跋涉，十三座城池
概括一栋神宫，摘要一个半岛
那也就是一面春水，暗涌结论

或者，一面镜子
反复无常的语境
相等于一个莫测的深渊

祖先买了船票，我们买了车票
来到河口，祷告，如往下的漩涡

滞留，在汉语的无底洞
深奥，原来是他者的脑海

鬼混，处处疮痍的，那种

黑眼睛的，那种

暗夜的，那种

逐渐扩大的蚁穴

溃决千里之堤

借以万里之浪

折腾我们的行旅

承受日常的，生命的，重量之面

薄如纸片，刀刃，人面

我们的下沉，我们的下落

穿过峰塔的钢筋与玻璃

会被消磨的东西

首先是有梗的动物

角逐于悬崖，于峭壁

复盘来时路的盟约与叛变

那面旗帜，挥霍的，捐弃的条纹

除了风向

还有目的地

以及时间线

我们和我们的祖先

都没让自己和后裔脱身而出

脸 谱

每一张脸，前面是他人的想象
后面，方能是你自己的真想法

有时反之，有时反正
端看易容术的高与低

处境式的，策略式的
选择，身份，与认同

生，旦，净，末，丑
各种面相，众生群像

往深一层，是存在主义的皱褶
肤浅的话，则是后现代的拼贴

硬币，钞票，或者宣传单
上面矜持的，腼腆的微笑

金贵的太阳，荡开浮云
如加减算盘，直至如意

花脸，一张张地画上
无非想大家多些赏脸

国王，岛主，混入
自己办的化装舞会

东 南

我们无所畏惧的白浪
越过万顷的黑水

翻滚，前进，翻滚，前进

好不十九世纪，好不新大陆
好比一个爱默生
他，他的诗，与他的超越论
通过独立而得的灵性

如果是这样
这里的东南
将是我们的中心，也是他们的枢纽

这里的月亮很怀旧
这里的阳光很新鲜

所有的事物

都不确定向前方倾斜

城市的蓝图，瞭望的地图

涣散，我们的笔触

天生地养那样

经受炎风，如飞扬的旗海

又如偃伏的谶言

如果河滩够坚实，河口不赘言

在动产，与不动产之间

每次都会重组一角山河

如果，东南不仅仅是角度

周 记

蓝精灵，翻来而覆去
不得不，终于醒来的第一天

忙活替代快活，听令于词语
与数据，以及影像，如仆人

如主人，调控的偷天与换日
如你的，晨昏颠倒，如是非

与黑白，糊弄度过星期二
以致星期三，以及星期四

都在攀登分水岭
或者滑落，坡度与拐点

周而复始，求证能与不能
万能的，庞大的，总在背后

你尝试疏远一些常规
在黑夜边陲的星期五

与星期六，到那家熟悉的酒馆
与陌生人，不无深意闲聊寄生

与宿主的关系，宛如隐约的毂纹
星期日的崇拜，以及一生的逾越